MARIO PIRATA

FERA
FLOR

MARIO PIRATA

FERA
FLOR

1ª edição | 2020
São Paulo

LARANJA ● ORIGINAL

La poesía es algo que anda por las calles.
Que se mueve, que pasa a nuestro lado.
Todas las cosas tienen su misterio, y la poesía
es el misterio que tienen todas las cosas.

Federico García Lorca

*a poesia e sua mania de fazer tranças
nos cabelos do dia*

para abrir o silêncio das marés

buscar o regalo do sonho
no braço do sono

esperar a calmaria
dos fortes ventos

e nas tardes
decoradas por dentro

desenhar o gesto macio
de um bom sentimento

mágica

a poesia é
um sapato velho
e furado

usado
para caminhar
nas nuvens

abro poemas perdidos
para quem me ouve falar
como se pudesse carregar
entre uma mão e outra
um instante do mundo

nem tão grande mundo
onde abraço encantos
e a vida pode com isso

uns versos pequenos
e palavras molhadas
guardadas em conchas

pássaro é palavra com asas
pájaro é palavra com ventos

a coisa denominada
com asas com ventos

voando entre elas
                      (asas)
saindo dentro deles
)ventos(

fractais

a poesia não pode parar jamais e jamais é palavra grandiosa demais e demais é palavra que trata de algo que se quer ainda mais e mais é palavra usada para algo que se quer por ser bom e bom é palavra usada para coisas especiais que nos fazem bem e nos enchem de ais

saracoteio

me tira do ar
me traz tua benção
me usa me liga me abusa
me tira da prisão
me tira do mar
me segura me deixa solto
me ensina a voar
me tira a razão
me procura no fundo
me tira do chão
me faz delirar
me fala que me quer
me tira do olho do furacão
me faz beber a tua água
me enfia tua questão
me busca com o que tens pra mim
não fica longe de mim, poesia

soneto
é paraquedas

verso livre
é asa delta

a poesia
é salto no ar

meta(sua)linguagem

desejo a palavra nua
que faça sexo com todos e todas
mas escreva apenas comigo
sílabas desejos rabiscos seios
caricaturas mãos desenhos
coxas e livres rascunhos
deixe-me dentro quando me queira
e quando estiver fora
ela volte correndo

acorde com sede de beijo
beba o leite o gengibre o mel
abra as pernas-páginas
peça para enfiar um poema
entre segredos de prosódias
e folhas de cabelos de papel
deixe-me dentro quando me queira
e quando estiver fora
ela volte querendo

mergulhe a língua doce
e sonhos de fêmea faceira
verbo deitado ao meu lado
decifre/desvende o véu da manhã
o voo a mágica o sentido
mulher menina guerreira anciã
deixe-me dentro quando me queira
e quando estiver fora
ela volte escrevendo

janela de um velho
sobrado   o   poema
onde depositamos
ninharias   e   tesouros
quando abrimos
nos   olhamos   por   dentro
do jeito que somos
nos gomos do sonho

página

quando a noite saracoteia
seu manto-véu, quantas estrelas
aparecem no céu, quantas palavras
desenxabidas são lançadas no ar?

no carteado das horas desatinadas
quantos esquecimentos e suspiros
acontecem, quantos cantos e gemidos
sufocam e desenham o silencio?

debaixo da saia floreada da lua,
o sol faz pensar amizades e amores,
nas tribos de pássaros quietos
que descansam sob as nuvens.

o que é fosse diferente do como é,
não estarias escrevendo palavras,
sob o risco prazeroso de ser
o homem mais feliz do brasil.

mas és apenas um poeta
num porto da América do Sul,
e, bem sei, não sendo feliz,
carregas alguma alegria nos dedos.

feito uma lança jogada ao vento,
feito veia contaminada d'alma,
feito a folha verde que cai
sobre a página branca.

avepalavra

voar é simples
requer asas
coração escancarado
olhos abertos na mente solta
entre muros & nuvens
pés plantados
no chão

voar inteiro
sem sair do lugar
imaginação na raiz do dia
ao sabor de
imagens & cata-ventos
é a lição possível
da poesia

pequena nota para um poema

escute a canção, duas, dez vezes.
misture lembranças, deixe sangrar.
deixe rolar, sem susto, não grite.
feche olhos, até enxergar tudo.
acorde sentimentos, um a um.
o que foi, o que poderia ter sido.
pegue papel, desenhe o olhar dela.
quando chorar, beba as lágrimas.
as mãos no peito, deixe acontecer.
se a palavra não aparecer, paciência.
escute mais uma vez a canção.
respire fundo, abra a janela.
saia para caminhar no quintal.
assim, o poema já está
dentro

a poesia
(seus ditames)

fez Mallarmé
escrever em leques

para ser lido
por madames

é mastigar vidros
com a doce saliva
de crianças distraídas

é comer cogumelos
com a quente fome
de unicórnios extintos

é grafitar sonhos
com o frio sangue
de anjos caídos

é narrar histórias
para a mansa matilha
de lobos famintos

a poesia é um jeito de não tirar
o barco das ondas do mar

a gaivota
galopa o ar

o peixe
belisca a água

o pampa
destampa o mar

o poema
repete a lição

a imaginação
é um músculo.

atrofia,
sem poesia.

quando a poesia canta

o beija-flor se agiganta
a fada voa, encanta
quando a poesia canta

o caracol vira planta
a dama pode virar santa
quando a poesia canta

a noite veste uma manta
alguém senta e levanta
quando a poesia canta

você, guaraná, eu fanta
você, taichi, eu, tantra
quando a poesia canta

palavras não dão conta
nem pagam a conta
e não devemos
confiar nas contas
que as palavras carregam
afinal de contas
as palavras contam coisas
que não são da nossa conta

escrevo, pronto.
o que pensam e digam
não muda o ponto.

dos poetas
o verso

dos amigos
a conversa

da vida
um amor sem pressa

quase sempre pensava
ser um quase poeta
que a vida quase boa
fez do quase homem
que quase foi feliz
com o seu quase amor

(os carretéis do coração
rolaram pelo chão)
depois quase cantou
a recordação do quase muito
que pouco ganhou

(os girassóis nas mãos
rolaram pelo chão)
a recordação do quase nada
que ela lhe entregou
e ele quase guardou

fala-se
por aí

toda doçura
custa uma amargura

isso é apenas
um ditado popular

não é maldição criada
ou lei decretada

é algo que
por aí se fala

amor
é forma delicada de dança

não sei
dançar

sei
catar coisas pequenas

madrugada

acordo na madrugada com vontade
de tocar violão para te ver dançar
mas não sei tocar violão e nada
importa não estares aqui para
dançar pois existe bastante poesia
em acordar na madrugada com
vontade de tocar violão para te ver
dançar

quereres de leite escorrendo
gosto quente na palma da mão
cheiro macio grudado no peito
velas infladas para desenhar
oceanos

(não encontro teu olhar
nem volto a dormir)

levanto
e passo um café

quando desenho nuvens
com sinais de fumaça
(floresta caatinga altiplano)
seja o escrito seco ou rimado
está longe do sagrado
mesmo do profano
(pampa vale cerrado)
também não existe lei
nem buraco de cano
que me proíba voltar atrás
rever a mim mesmo
transformar o que penso
(toda hora todo dia todo ano)
não mais enxergar beleza
no que sinto ou sentia
(meu coração enganado)
quando eu te olhava
tu também me olhavas
e o poema sorria

ah se ela tocasse
e para mim cantasse
na mágica de um passe
o riso em seu rosto se desenhasse
para mim ela entregasse
o que o colibri na flor buscasse
sairia o mundo deste impasse
e todo o mal se rasgasse
mesmo que a vida negasse
é possível que o céu incendiasse
um poema de amor eu rabiscasse
escrito em papel dupla face
e talvez acontecesse
que meu coração prometesse
e talvez acontecesse
que meu coração jurasse
vencer a luta de classes

nem todo samba
vira bossa-nova
nem toda bossa nova
vira samba
nem todo amor
vira paixão
nem toda paixão
vira amor

nem vem

esquecimento global

dos palestinos e dos iraquianos
da coréia do sul do norte da síria
dos africanos dos judeus
da líbia dos refugiados no mundo
dos muçulmanos da calota polar
dos nigerianos do aquecimento global
do estado islâmico do talibã
da Turquia do Egito do Afeganistão
da poluição da confusão no planeta
da condição dos povos da floresta
da própria floresta, águas e ventos
até dos problemas com a educação
com a arte com o mico-leão-dourado tanta
coisa grande e importante tanto assunto
vital e essencial e fico pensando em saber
de ti como estás o que andas fazendo das
coisas da tua vida do teu dia do jeito que
anda teu coração e se tens sonhado comigo
ao redor do teu umbigo
como se uma parte de mim
fosse feita apenas para saber
das partes tuas que andam por aí
e sem deixarem de serem minhas
escaparam-me das mãos nuas

atordoído

internei
meu cupido de uso pessoal
na clínica de recuperação
para dependentes

para ver
se ele cai na real

esfoladura

mesmo que eu fique calado não sorria nada escreva mesmo que murchem os girassóis a delicadeza desapareça não pare de mandar os teus presságios isso assim esse teu jeito o meu carinho por ti talvez cresça o dia amanheça com elefantes na beira do lago um bando de gaivotas pousem na minha cabeça (por favor) faça a gentileza e obedeça mesmo que mísseis cruzem montanhas o céu escureça mesmo que o melhor não aconteça

alma poema

acariciar cuidar massagear
olhar cheirar conversar
dançar com escutar gemer
desnudar feito flor
desenhar feito vento
esperar por
(mesmo que não venha)
olhar entender escutar
fazer girar suar
(quando venha)
dar-lhe o que ela queira
receber o que ela te entregue
aceitar que sua alma
não te pertence
depois alegrar-se
ao vê-la ir embora
rebolando lábios
(inteira & faceira)
um riso nos cabelos

ela
(então) poesia

**(verso riscado no chão
com os pneus da bicicleta)**

o tempo
estremeceu

a lua
escureceu

o sol
se escondeu

quando o olhar
se perdeu do teu

rasteirinha -
apagar o nome dela
no poema.

o que não tem sentimento
não possui significado
nem faz sentido
brinquedo quebrado
coração partido
algo que foi
sem nunca ter sido

encantou-se revelou-se
arrebentou-se desfiou-se
rasgou-se descuidou-se
descolou-se
calou-se
maisoumenosou-se
e foi-se

pode descer
com tua fantasia

meu coração
não é carro alegórico

canção para fagote e adeus

chove
o dia esfriou
a coisa nem melhorou
o que deve passar ainda não passou
quem soube amar amou
o que eu tinha nas mãos você ganhou
quem não se deu vai dançar
(ou já dançou)
quem conseguiu sonhar sonhou
(ou apenas chorou)
sei também que a música tocou
a lágrima alegre balançou
o coração lembrou
quando te desenhou
o vento já levou
o que veio na asa do beija-flor
e o que ficou guardado
pode até ter sido amor

se até um sol
(sem previsão ou plano)
apaga-se no universo

o que salvaria
um frágil afeto humano?

(eu deveria ter te beijado mais)

o amor entra
nas pessoas pelo olhar

também ali
o último lugar

onde ele pode ser visto
antes de ir embora

tudo
o que aí está
vai virar areia
depois

inclusive
as impossibilidades
e as possibilidades
entre nós dois

amaravilhado

lancei
rede no mar coração ao vento
lancei
sorte ao sol âncora na praia
lancei
meu amor na terra

e o que agora vem
não sei

nem rio
nem arroio
nem regato
nem açude
nem riacho
nem vertente
nem sanga
nem lagoa
nem poça

o amor que amo
é oceano

escrever na pele com o chumbo
das antigas tintas à óleo
sentir o veneno rasgar fundo
o pulmão com palheta e pincéis
deixar o sangue correr na tela
sem moldura da carne do peito
para o desenho de um amor novo
entre girassóis e afogamentos

uns, fama
uns, dinheiro
uns, poder

eu quero
um cafuné

lição

andar de mãos dadas
e dormir enroscado

ganhar beijo, cafuné
e sentar ao lado

querer do outro
até mesmo o resfriado

nada complicado
nem tão arriscado

namorar é ficar junto
mesmo estando separado

vidadentro

quando pensamos em alguém
e dá um solavanco
quando pensamos em alguém
e nem se mexe
quando pensamos em alguém
e nem lembra quem

ele pode ser encantador
é preciso cuidá-lo bem
quando acelera
quando anda

não vendo
não alugo
o coração segue
senda

a tristeza
espinho

a melancolia
flor

a saudade
beija-flor

sentimentos
são ondas gravitacionais
buracos negros
estrelas novas
eclipses ou meras colisões
acendem-se e transformam
emitem som e vibram
viajam pelo tecido do universo
e se apagam

silêncios
são cernes são músculos
são coisas são ossos
silêncios
são bagulhos são fardos
são bênçãos e benquerenças
silêncios são nossos
são sentimentos
e falam

apenas um sorriso dela
para rasgar a carne do dia

to
(mar)
a
caia
tua asa de fada
n
a
a
r
e
i
a
da minha praia

lua na sanga

fada elfo salamandra ogro gnomo
hidra centauro górgona basilisco
quimera duende sereia
d
a
n
ç
a
m
no vestido floreado
de estrelas
amantes se ardem se lambem

lobos selvagens
u
i
v
a
m
nos telhados
descascados
de Porto Alegre

poema para bombo leguero

andei algumas estradas
mergulhei no riacho encantado
a vida desenhando tempo
e teu olhar ao meu lado

colhi mel nas vertentes
conheci o mistério sagrado
gastei cestos cheios de tempo
no teu olhar ao meu lado

no canto doce da noite
na carne do dia ensolarado
estrelas bordadas no tempo
do teu olhar ao meu lado

agora peço licença ao mundo
para que eu seja abençoado
e mereça alegrar meu tempo
com teu olhar ao meu lado

recado para o coração

POEMA NSO

fogo de cinzas

o delicado sentimento
não é esse torpor aceso
do desejo pelo outro
e do outro por nós

um
estado delirante
com a duração
de um inst
ant
e

amor é cristal
frágil
e
           sol
           ta fa
           íscas
ofusc
ant
es

visto
panos coloridos apenas por ter te
visto

voei alturas estonteantes,
cavalguei leopardos, elefantes,
te procurei em terras distantes,
para te encontrar nas fontes,
nas pétalas dos diamantes.
te ver chegar deslumbrante
de algum universo fulgurante.
nas mãos, carinho suficiente,
um afeto quente, brilhante,
nos transformará em amantes.
o passado, o futuro, o presente,
serão ofertados num instante.
a flor do amor, acesa, finalmente,
iluminará a vida, inteiramente.

poema a dois
)
amor antes
amor depois
)

meditação para grafitar muros

o que molha o olhar
e não é colírio
o que nutre o corpo
e não é feijão
o que clareia caminhos
e não é óculos
o que desenha voos
e não é avião
o que risca o sonho
e não é delírio
o que faz ver coisas
e não é ilusão
o que fala fundo
e não é palavra
o que amansa a alma
e não é medicação
o que traz silêncio
e não é surdez
o que o sabiá assobia
e não é canção
o que corta a carne
e não é dor
alguém chama amor
eu chamo amor
também

amarquempossateamar
queiraoamorquetens
alguémquesaibasamar
eteametambém

tudo
bem

não
quero
te
perder
de
vista
nem
de
verso

amar é assim
saltar sem paraquedas
e voar para dentro
do furacão
que fica no centro
de algum lugar
sem chão

não é para qualquer um
não

fogueira

assim
como se afina
o couro do sopapo
para que ele
continue
soprando vento
assim
se cuida
do coração
para que ele
siga
baten
do
do
do

papo de jardim

AS
PESSO
AS
AMOR(OS)
AS
SÃO ROS
AS

pass(e)ando
o/lhar
nas águas do mar

quando vi
(pela primeira vez)
a palavra

i-m-e-n-s-o

flutu
ar

nem o céu
parecia maior

nem
o amor

a
mão
da
noite
no
mar
salgado

lua
solta
no
salão
estrelado

(um)

acordei com ela
- a mão branca
e nua da manhã
lambendo a janela

(dois)

dormir com a lua
olhando pela janela?

ninguém consegue,
nem eu, nem ela.

(amor tecido)
a lua entre o linho
do teu vestido

enxovalhadas
mãosmolhadas
enchuvalhadas
chuvasaladas

a chuva esconde
a lágrima do bambu
caído no jardim

gotas de chuva -
de manhã, arqueados,
os bambus choram

flor pousada
no bambu
enxovalhado

primavera
& pássaro

pedaço de pau
na margem
da lagoa

paragem e pouso
para a ave
que voa

carrossel na chuva -
pulando gota a gota
a menina brinca

um carrossel
encharcado no peito -
noite de temporal

o vento na janela lembra tempos
que falavam de passarinhos e poças
d'água, do lirismo de cores ternas
e cheiros suaves.
suaves.
a vida escorria como vertente,
deixando gosto de goiaba madura
dentro da gente.
hoje, nos envergonham os
sentimentos mais bonitos,
crescendo nas palavras de homens
com corações de meninos,
correndo atrás das pás dos
moinhos.
atrás das pás dos moinhos.

quando guri
ele engolira
um redemoinho

agora o coração
não parava
de rolar por aí

criança é a parte afogueada da vida.

duvida?

encantamento de si
.
.
.
é a forma mais pura
.
.
.
de conhecimento
.
.
.
o conhecimento é um valor em si
.
.
.
o encantamento é um valor em sol
.
.
.

dia do professor

quem ensina
a apontar o lápis é Professor

quem ensina
a apontar estrelas é Mestre

vez em quando
são a mesma pessoa

do conhecimento

as pernas têm joelhos,
os braços, cotovelos.
unicórnios não são camelos.

ovelhas têm pelos,
também os coelhos.
unicórnios não são camelos.

os pés amam chinelos,
azuis, verdes, amarelos.
unicórnios não são camelos.

o amor tem apelos
de cafuné nos cabelos.
unicórnios não são camelos.

é bom conhecê-los.
os mistérios dos unicórnios,
as corcovas dos camelos.

o homem que sou seria mais feliz
se o menino que fui
tivesse fugido com o circo

palhaços
e poetas
não calam
mesmo quando
nada falam

vesti a camisa listrada
e saí por aí
o mundo é bem grande
mas não me perdi.

debaixo da lona

os palhaços são homens tristes.
nem todo homem triste
conhece a arte do picadeiro.
por conhecer a tristeza, por dentro,
o palhaço é um equilibrista da alegria,
comedor de fogo, ilusionista,
sob o holofote vira artista.
apaixonado, depois que o circo dorme,
ele toca e canta para a bailarina.
nuvens de calças, cometas nas botas,
camisa amarela, vestimenta rude
de malabarista.
borboletas vermelhas saem
dos bolsos furados do casaco
e uma bengala curva
dança nas mãos do palhaço.
depois que o circo dorme,
ele toca e canta para a bailarina.
rir de si mesmo é seu maior segredo,
carrega no olhar a lua
e o sol no coração.
sabe que o amor pode escorrer
entre os dedos. a alegria, não!
sabe que a alegria pode
escorrer entre os dedos.
o amor, não!

sei do preço a pagar
para guardar
um arco-íris no olhar

D-E-L-A-Ç-Ã-O-P-R-E-M-I-A-D-A

Descobri cantoria com Jorge Cafrune,
com Carlos Gardel e Facundo Cabral.
Também com Gildo de Freitas e Tio Teréco.
Estudei o Universo com Dom Quixote,
com o maluco do Shakespeare,
Visconde de Sabugosa provou que a ciência
era maravilhosa. A poesia, ainda mais.
Alfabetizei pencas de emoções, perdi outras.
Entender que Mario Quintana era feiticeiro
deixou faceiro o meu coração,
como quando ganhei o primeiro beijo na boca.
A primeira aventura alucinógena
foi com o Barão de Munchausen.
Joguei bolita com Sepé Tiaraju,
comi bergamota com Blau Nunes,
dei cambalhota com Ray Bradbury,
rodei pião com o Negrinho do Pastoreio.
A primeira metáfora fiz para transformar
o nome da comadre Bernardina, em Vó Dia
e ela me ensinou a olhar a Lua.
Ataulfo Alves, Vicente Celestino, Teixeirinha,
herança da eletrola da família.
O meio de campo do meu time de botão
era Noel, Dorival e Lupicínio.
Perdi a inocência com Bocage, Henri Miller
e as revistinhas de sacanagem.
Descobri meu lado canalha quando esqueci
o nome da menina atrás da bananeira.
A primeira calcinha que vi
pendurada no varal do quintal,
pareceu-me ser uma flor,
depois soube que era casa de borboleta.
Daquele instante, em diante, Tia Marica,
irmã de minha avó benzedeira,
leu nos búzios que o piá estava destinado
a perseguir a poesia pelo resto da vida.
Feito cisma, sina, feitiçaria.

doce lei

olho para trás
vejo o que andei
olho para frente
vejo o que não sei
olho para os lados
vejo o que ganhei

tudo
bem

até
nem

tudo
zen

desandarilho

adormecer o olhar sem asas
subir no vagão de um trem
rodar na direção do sol
descansar as ideias dos pés
esquecer versos cansados
acordar num país distante
onde nada que eu fale
me faça ser mais diferente
do que eu possa parecer
ou até mesmo imaginar
grafitar na parede da estação
com saliva e água
um coração com teu nome

na asa do passarinho

vou-me embora para Macondo
lá não existe rei e sou amigo de Zé Limeira
vou sentar com Garcia Marques
beber café com Juan Carlos Onetti
ver Patativa recitar Manuel Bandeira

lá a vida é de tal forma incandescente
Jorge Amado e Mario de Andrade jogam sinuca
com Murilo Rubião e Osvaldo de Andrade
Simões Lopes conversa com Câmara Cascudo
onde foram parar as canetas de Ernesto Sábato
e as lunetas fantasmagóricas de Borges

na beira do fogo sagrado das cordilheiras
Arguedas e Rulfo cochilam e roncam
Galeano joga búzios com Suasssuna
e o mágico Cortázar canta cirandas e jongos
para ninar Cronópios e Famas

vou-me embora para El-Dourado
lá terei a vida nos poemas que lerei
Caio bebe chá com Clarice e fuxicam
sobre as rendeiras e rezadeiras brasileiras
com os atentos Manuel Scorza e Carlos Fuentes
enquanto Carpentier joga baralho
com Guimarães Rosa

vou-me embora para Aldebarã
onde Lorca e Maiakovski tecem
grinaldas e baladas para O Sol e a Lua
porque lá não tem corrupção não tem eleição
não tem copa o mundo e a vida é tão misteriosa
que viver é um realismo brutal e cristalino

feito pião de vidro na mão do menino

e quando de noite me der saudade
posso ainda soltar borboletas ao redor da cabeça
ganhar cafuné preguicento e luaminoso
dos dedos grossos e cheirosos de Clementina
porque lá é sempre dia de aniversário
páscoa natal feriado carnaval
Cartola faz samba com Adoniran e Noel
Quintana e Castro Alves bordam galanteios
para os seios redondos e rimados de Cecília

vou-me embora
no galope do petiço
irei
para Pachamama
Terra Sem Males
Eldorado
onde
é permitido
colher a flor do mel
em canteiros
de estrelas
e amores
são rasgos mágicos
de água e vento
e
a
palavra
se
aninha
na
folha
de
papel

todo ano
o plano de me mudar
para o continente africano

seja ele na Paraíba
ou no sertão baiano

tirando
a parte
trágica

a vida
é mágica

tem vez que fingir de bobo
é o jeito de manter
a poesia da coisa.

do que é porque é

a vida é um passeio pelo mundo.
não é curto, longo também não é.

chegamos sem saber o que trazemos,
partimos sem saber o que levamos.

deixamos espalhadas pelo palco
as máscaras que tanto usamos.

pelo chão do camarim ficam
os vidros quebrados dos espelhos,

entre jarros de flores, perfumes
e caixas de música fechadas.

balada para berimbau

tempo de sair
com a tropa da alegria para a rua
de treinar a aceitação do outro
de plantar a carne da fantasia
no ar do povoado
de levar as botinas da utopia
para as praças
para receber a delicadeza
do gesto suave

tempo preciso e precioso
para se olhar para dentro
ter a mansa clareza
que nem tudo o que se quer
merecemos ter
e saber quem somos é bem valioso
pois as garras do terror
os tanques da ignorância
os servos da covardia
os fuzis da ganância
já singram no horizonte

tempo do beija-flor beijar
bordunas e banhar tacapes
de orixás colherem porções
nas cabeleiras das cachoeiras
pintar o corpo com a resina
do urucum e do jenipapo
e de guerrear sob a luz
para alcançar a paz
e conquistar
o coração do amor

O despertar dos pássaros

Estamos prontos para a mani(festa)ção,
para a reinauguração do mágico e do sagrado.
Chegada a hora da cura e do equilíbrio.
É momento de sairmos para as calçadas,
quintais, jardins, praças, parques, pátios,
com o que temos de melhor, camaradas!
Do feio faremos um bolo com recheio,
cobrindo a tristeza com melado e alegria.
Nuestros hermanos estendem las manos,
afinam o olhar e molham os cabelos
nas cachoeiras do lado encantado da lua.
Nos guiaremos pela mandala de fogo e luz
do coração do sol - no céu em nosso peito.
Não queremos mais veneno nem remédios,
nem o detergente discurso de ódio e ganância.
Não deixaremos mais que joguem lama e lixo
nos rios e nos lagos que nos alimentam.
Onde banhamos, dançamos e amamos.
No sangue que move vidas e consciências
buscaremos a imunidade para a caretice.
Nossos carros velhos virarão carruagens,
motos e bicicletas, unicórnios e centauros.
Nossa vestimenta colorida, armadura e fantasia.
Ninguém aguenta mais métodos e fórmulas
que amordaçam a invenção da poesia.
Merecemos melhores coisas, mais bonitas.
O símbolo paz & amor novamente tatuado
na carne de guerreiros, sonhadores e amantes.
Mostraremos que o mundo que queremos
é muito mais limpo e honesto
do que o shopping que nos oferecem.
Banqueiros e empresários estão enlouquecidos,

abarrotados pela gordura hidrogenada
do lucro e da vilania do capital.
A rota está errada, as bússolas estão quebradas.
Pequenos e pequenas, anciãos e anciãs,
nos lares, nas escolas, nas praças,
esperam para dançar e brincar ao redor
da fogueira do encantamento.
Ao som de sopapos, violas, atabaques,
rabecas, caxixis, berimbaus.
Quem quiser vir, venha.
Quem puder fazer, faça.
Para esvaziar templos e calar vendilhões
precisamos o talento dos sonhos
e a ginga malandra das ladainhas.
Dez mil viadutos construídos
não valem um olhar desmoronado,
uma árvore assassinada, um rio estrangulado.
O vento que nos guiará está soprando respostas
e nos fornecerá o alimento que precisamos.
O tempo é mestre e discípulo,
caminho e caminhada - tudo e nada.
Mastigaremos a raiz e beberemos a seiva
com os povos que dançam e cantam.
Uma nova música está sendo tocada,
um novo gesto está sendo desenhado,
no silêncio das florestas e dos vales,
também nas esquinas e nas calçadas.
Aguarda apenas o nosso abraço, a nossa voz.
E nada conseguirá aprisionar o nosso sorriso.

**A LUTA
COMIGO
É SUA**

**A LUTA
CONTIGO
É MINHA**

**A LUTA
CONTI
(NUA)**

peleja

nossas bombas são de chimarrão.
nossos tanques, para lavar roupa.
nossas correntes movem rios e lagoas.
nosso armamento é feito de pensamentos.
nossas lanças, santa bárbara e são jorge.
navegamos campos e mares.

nossas balas, de guaco e mel.
nossos ideais, as mãos da natureza.
nossa sentinela, o quero-quero do pampa.
o calibre de nossa munição é sentimento.
nossa política é a poesia dos abraços.
caminhamos com os ventos.

nosso comandante, a voz do coração.
nosso uniforme, verde como a floresta,
prateado como o luar, dourado como o sol.
nossas palavras de ordem são sementes,
brotam limpas em nossas mentes.
nos movemos com o tempo.

nossos territórios não possuem cercas,
seguimos fortes com a guarnição
da paz das estrelas no firmamento.
nosso compromisso é com o plantio
do amor entre todos os povos.
estamos vivos, e prontos.

recado ao poder

teu decreto é reto
tua lógica é refutável
teu julgamento tem mordaça
tua ética é esquelética
- o lado avesso do amor

tua palavra é pífia
teu discurso não tem curso
teu sentimento é falível
tua ética é maquiavélica
- o lado avesso do amor

teu conteúdo é insosso
tua violência é criminosa
teu argumento não é isento
tua ética não tem estética
- o lado avesso do amor

poeminho ainda contra

todos esses que aí estão,
atravancando o caminho,
não valem o cocozinho
de um passarinho.

*Não é o medo da loucura que nos forçará a largar a
bandeira da imaginação.* - André Breton

não é o medo da entrega que nos fará
fugir da força das marés
não é o medo do delírio que nos fará
perder o risco da viagem
não é o medo do invisível que nos fará
conter a fé no mistério
não é o medo da perda que nos fará
negar o tesão do sol
não é o medo da violência que nos fará
calar a palavra mundo
não é o medo da solidão que nos fará
rasgar o silêncio da lua
não é o medo do ridículo que nos fará
perder o cheiro do amor

no rastro do sol

quando partir, será numa caravela,
balões coloridos no lugar das velas.
voando entre pássaros e nuvens,
no rumo encantado das estrelas.
ser chamado de sonhador e criança
será apenas mais uma condecoração
que levarei desenhada no peito.
e se algo tenha deixado por aqui,
seja algum carinho entre os meus,
uma concha guardada nos olhos teus.
quando partir, não estarei só,
em meus dedos carregarei poemas,
algumas canções que esculpi no pó
das pedras dos caminhos que andei.
quando partir, levarei o que aprendi,
deixarei um silêncio no que sou,
um sopro do vento de quem amei,
um facho de luz de quem me amou.

© 2020 Mario Pirata

Todos os direitos reservados à Laranja Original Editora e Produtora Ltda.

www.laranjaoriginal.com.br

Editores Responsáveis

Filipe Moreau

Germana Zanettini

Projeto gráfico e capa

Iris Gonçalves

Foto do autor

Tayhú

Produção executiva

Gabriel Mayor

Dados Internacionais de Catalogação na Publicação (CIP)
Câmara Brasileira do Livro, SP, Brasil

Pirata, Mario
    Feraflor / Mario Pirata. -- 1. ed. -- São Paulo :
Laranja Original, 2020.

ISBN 978-85-92875-68-8

1. Poesia brasileira I. Título.

19-31045   CDD-B869.1

Índices para catálogo sistemático:
1. Poesia : Literatura brasileira B869.1
Cibele maria Dias - Bibliotecária - CRB-8/9427

FONTE Lucida Bright e Ebrima

PAPEL Pólen Soft

IMPRESSÃO Forma Certa